U0557019

波德萊爾 原作 鍾錦 譯述

惡之華

陳社旻書

上海三聯書店

譯序

詩至光怪陸離尤易邀賞所以長吉餖飣仍矜高躅而波德萊爾不與焉何耶不蘄乎奇而蘄乎惡也詩至輕俗偏傳衆口所以元白鋪陳無礙風靡而波德萊爾不與焉何耶不蘄乎熟而蘄乎卑也詩至醜拙反矯不群所以宛陵遲滯竟稱平淡而波德萊爾不與焉何耶不蘄乎清而蘄乎濁也詩至淫哇多切私懷所以次回旖旎居然名家而波德萊爾不與焉何耶不蘄乎豔而蘄乎汙也怪也俗也醜也淫也皆非詩之病而其病在乎惡也卑也濁也汙也凡諸病一經波氏手又在在無非

詩也噫波氏亦人傑矣雖然乍視之有殊不能入者或曰是古今之睽隔也余曰否是性使之然也蓋孟子云口之於味也有同耆焉耳之於聲也有同聽焉目之於色也有同美焉惡也卑也濁也汙也罕有所同焉然道可以在屎溺顧詩獨不能在惡卑濁汙耶波氏乃從事之詩遂一變焉今既習之覺色相皆空直與質覯詩而粹然見矣嘗誦簡齋詩從教變白能爲黑桃李依然是僕奴有戚戚焉波氏詩旣如是以舊體譯之則殊難矣蓋吾國詩古文辭久遠卑汙遂離濁惡一旦逢此幾於無能措手人之情固無能免乎卑汙也尚得其古雅爲

之掩飾若臺閣體則是爾去其掩飾即俗言之老幹體也一切卑也汙也悍然不肯飾者胥老幹體之流亞無與乎詩古文辭之體也防閑若是之嚴濁惡乃無得而入焉故求一濁惡之情辭於詩古文中難之至也安望其能迻譯波氏之詩耶於是焉見其隘矣必有豪傑之士起而振作之乃聞有王了一氏之譯本亟取讀之而大失望蓋罔顧吾國文體强以達意詩之質未睹惡卑濁汙先侵也遂發憤改譯非屑屑與彼竟短長實追慕波氏之勇乎拓境也譯之法先詩之質而後令惡卑濁汙之態得所飾雖不必至於雅亦不使與文體相齟齬

也然請本院以人廣淺深論心經解會辭由淺顯欲中藏
皆不知凡幾也僅抒得意其事亦不敢必有助乎譯事
更不敢望拓境於舊體也庶乎差得手熟入致未至唐
猜時日耳丁酉四月初一日敍於譯室序

惡之華外集（凡十四首）

佚稿（凡五首）

惡之華之二版刊於一八六一年凡一百二十六首另致辭一首波氏生前之定本也而一八五七年初版遭禁者六首已删之矣波氏嘗刊殘骸集於阿姆斯特丹時在一八六六年凡二十三首遭禁者咸在焉自償相後法蘭西卡頌一首重出外餘者皆不見惡之華二版乃附此二十二首於後並題原集之名波氏歿於一八六七年翌年阿塞力諾邦維爾刊惡之華之三版戈蒂

耶序之前此未入集者尚得十四首更附之名以外集另有佚稿五首皆早年作不入集是波氏之詩傳於今者即此一百六十八首也余譯是集起乙未四月廿二日五月間廢焉迨十一月再譯一首耳丙申四月又譯三首自六月廿七日始發憤爲之凡九閱月而蕆事庚子二月十三日補譯佚稿五首閱三日而成

武瞻室鍾氏刊

獻辭

謹以恭敬之情呈此病惡之華致獻於泰奧菲爾戈蒂耶盡善盡美之詩人吾國藝文之妙手暨吾風義之師友

夏爾皮埃爾波德萊爾

致辭

貪嗔癡慢疑紛紜者五毒旣將吾形勞復將吾神梏雖云令吾悔養之惟吾欲亦若彼虱蟣但使乞兒畜吾孽一何頑吾悔一何懦所懺故其宜所冀亦已大居然爲破額泥塗復坎坷便有淚縱橫其汗誰能那仇魔何處來其力過倍蓰先枕我以惡吾神隨之靡果有大神通堪與術士比志雖如金堅銷化隨指使吾儕若傀儡盡由彼魔牽此世誠可惡何事長流連日進固無疆乃陷地獄淵舉目但昏黑反以致拳拳正如落拓子招呼老大娼酥胸掐漸銷尚自恣輕狂中

塗多惡欲耽之未渠央譬吮敗柤汁滋味豈堪嘗
如有萬頭蟲蠕蠕在吾腦彼魔亦成群酩酊肆攪擾黑
帝隨呼吸摧我肺葉槁來往若川流但聞聲哀渺
殺盜淫妄酒在昔懸五戒而今競囂張紛然炫光怪吾
生既不祥碌碌難圖畫膽氣若稍振貌彼以爲快
形既爲罪叢心亦爲惡伐幻作衆獸禽時時見出沒或
作狼與豺或作雕與鶻上下盡嘷呼左右直衝突
其中有一物深藏身與名醜莫見其狀惡莫聞其聲忽
然欠伸起神鬼爲之驚四海成翻覆九州盡顛傾
君固知之乆其名是曰厭空持涕淚飲直待天地陷彼

自矜獨行吾徒寧顧念厭我漫委蛇朱紫盡成僭

憂與願

酬帝曲

辭帝闕遥下九閽來已到納汙含垢世偏爲飲露吸風

才毋氏政須哀 調寄憶江南

百事相關無一用那得似靈蛇種好吞象銜珠稱壯勇

昔日也耽佳夢今日也愁妖夢　擇妾翻爲夫子慟割

不斷恩情重便呵壁呼天拚僭訟偏奪汝高鳴鳳寧作

我長喑鳳 調寄酷相思

帝意常難問人情每易差世間怨極反成邪忘了母儀

深罪轉相加 調寄南歌子

葆愛詩心暗有神畸零赤子最天真不妨飲水求芻日
自是餐霞吸露人　尋伴侶到風雲行歌處處醉陽春
托身已似遥歸鳥千載何須怨失群調寄鷓鴣天
相視若同胞反作仇讎備競欲辱溫文但解張狂肆
酒食固其宜塵唾何無禮所履既防閑所觸成捐棄調寄
生查子
婦不賢兮傲若神傾城似我汝何云黄金合使鑄吾身
總爲甘芳情似醉偏宜謅佞氣如春待將心意試評
君調寄浣溪沙
芳情一旦嬌奢厭玉指雖纖玉指雖纖直把君心剖取

看　擎來悖動如鷲鳥全不相憐全不相憐付與狸奴且飽餐調寄采桑子

恩祇在遥天帝座眞睛如電那見世間人調寄十六字令

解道詩窮而後工不勝恩戴重向蒼穹自來憂患勵人躬貧而樂眞意與神通　高會五雲中詩人遥待處福無窮桂冠飾了古今空靈光耀上下萬方同調寄小重山

滄海夜光珠遺世奇名寶綴上人間百煉金那比靈光照　七彩已全融一色惟成皓付與詩人飾此冠遠出塵埃表調寄卜算子

信天翁調寄水調歌頭

萬里碧空外正好事優遊不應輕狎風浪來逐遠行舟輸與人間舟子聊爾從他調笑束縛向船頭豈得怒天翼枉自棹浮漚　昔也逸今也餒且休休漫教長頸烏喙淪落竟成羞及早雲中遠舉揖讓豐隆屏翳空羨弋人眸一作謫仙客千古笑詩囚

遠舉調寄賀新郎

長謝吾魂魄便從今淩虛遠舉極天遊樂深谷高陵都不見有甚林塘池閣秖海上雲蒸霞爍那問扶桑誰浴日趁雄風直把青冥薄銀漢去泳而濯　此來洗盡人間濁更欣然忘憂物在滿斟神爵者是鈞天懸一熖燭

照無窮碧落蕩滌了胸中舊惡健翮安心棲已穩似園田自在朝飛雀和萬物共然諾

冥合 調寄沁園春

天地茫茫終古無窮若壽宮兮有通靈華表空回殘語降神林木自設玄機一旦經過三生記憶萬象森然睇視時傳幽響早色聲香味冥合無涯　芳馨何處相吹想冰雪初凝處子肌似秋簫低按餘音渺渺春燕遠眺滿目萋萋滴粉搓酥拗蓮擣麝薌澤微聞又是誰傾杯了把羅襦襟解情意都迷

遐思

遐思直到古天眞無詐無邪見赤身祈與陽神金紫色
生爲上世樂康人孳如玄牝坤靈普乳似青狼庶物匀
充塞兩間俱盡美何妨欲念亦貞淳

喪盡龍章與鳳姿退修吾服欲何爲漫遮臃腫傾敧態
全付機權利欲時今日冶容終自惑將來女德竟誰持
勸君莫問遺風美祇怕當前心更危

生當衰季故難任處處逢人效捧心側媚居然憐佝僂
嬌訛竟自賞呻吟一時匝地香華雨九奏鈞天廣樂音
幸有青春無限意從君到死誓相尋

孤明

樂土忘川宛似眞小憐玉體惜橫陳情如天海風濤起
也祇空傷畫裏春 魯本斯

寶鏡憑君暗不磨遣誰來對畫雙蛾冰泉側畔陰松柏
若有人兮帶女蘿 達芬奇

秋墳鬼唱鮑家詩十字高標空自奇莫恨重陰呼不散
雲端忽見一輝遲 倫勃朗

行盡茫茫四野空忽逢后羿挾彎弓無端射落天邊日
當面崢嶸見鬼雄 米開朗基羅

寒浞驕獰王亥淫居然一例付高吟君來檢校須何物
空乏身軀暴戾心 皮熱

相思莫道祇如灰蝴蝶當春栩栩來攜手舞低山外日
更燒高燭照歌臺 華托

噩夢胎胞高會眞靈巫寵愛若爲鸞白身幼艾雙鴛䡪
苦與臨妝老嫗爭 戈雅

誰謂謫仙居處宜血湖紅浸綠筠枝重陰慣是風吹雨
也遣鈞天廣樂悲 德拉克洛瓦

懷憂苦毒成呵問天眷人恩滿笑言一入九嶷迷徑遠
畫圖猶可定吾魂

金鼓聲催畫角寒從禽忽失一身單前塗不有孤明在
應恨人間行路難

不愧爲靈萬物中能將人巧奪天工畫圖挑起千年下
始覺君王富貴空

罹疾之詩神

無邊夜色病眸橫晨起冰容狂復驚恍向澤中騅不逝
疑從夢裏雨先行願言磊落抒高調搔首風流擅古聲
赤血殷殷酬上帝迭興文教厚民生

謀食之詩神

休云被服本姍姍足凍風高臘雪寒窗下空教兩肩聳
囊中那得一錢看金門獻賦偏多後下里謳人最少歡
血淚分明吞欲盡笑顏端爲忍饑難

頑沙門 調寄鷓鴣天

古寺高牆畫至神心生歡喜室生春莫忘丘墓端修士是繪蓮華世界人　生若死肉無魂我今頑劣作沙門何時肯著慵疎筆也寫娑婆衆惡真

强寇

韶年惟是見重陰縱有陽和亦偶尋朱實稀疏多苦雨金天蕃熟正宜心但將流潦隨時浚仍恐空華一例沈時序真如强寇在殞身化血待相侵

窮命 調寄浣溪沙

大任須持銜石心百年黽勉藝林深卻從荒塚獨哀吟

自古誰拚雙刖足眼前皆重萬黃金寒花辜負到幽尋

前世

無央數柱上摩空色帶長波海日紅霞向鈞天流廣樂月從前世照神宮境生詩客千年眼香動妖姬一扇風莫問玄玄何徼妙當時求索此時窮

行游之波西米亞人 調寄臨江仙

昨日征車成隊發本來善卜前塗雙眸眄睞遍天區兒長含乳飽夫自負戈趨　蟋蟀沙間鳴不止行行日月其除坤靈憐汝向虛無故將生意趣點綴滿平蕪

人之與海 調寄最高樓

觀滄海惟是獨行人宛對鏡中眞於心自見深淵苦向
波誰把不平論待投吾今日影去年魂　汝似我頗懷
情性奥我似汝正多珠貝耀俱未許世間聞何時固已
成殘賊一朝徒恨起紛紜歎同儔爭好勇肯相親

唐璜入地獄歌

唐璜一墮冥河邊擲金求渡方登船忽然有丐者不語
當其前睥睨頗類俗儒狀振槩疑若責宿緣天暗如磐
陰欲雨有婦敞衣坦其乳觳觫直似作犧牲結隊相呼
不忍睹僕索其值冷笑看父遇其來慘不歡生子最忤

逆白髮多欺瞞河岸遍有遊魂在舉手招之來相覷情
人示孝衣裳白形已哀毀心不易夂恕薄情顫相偎待
乞一笑慰憐惜黑水波間劃然分翁仲帶甲立妖氛孰
謂此人高致迥出群倚劍自顧船後浪身外其餘皆不
聞

傲慢之報

在昔聖學邑一士果然偉妙言動頑愚天國在顧指固
待神靈招識塗豈由彼不應傲慢生喑喑詈神子非我
相揄揚汝與嬰孩似常得蔭庇來所以免其恥忽然喪
彼心靈臺光消弭本爲廟堂煌秩秩見大美今也昏黑

得患相隨大患在有身更且過於茲迢迢明日事萬古無窮時

美頌 調寄水龍吟

不知地獄天堂祇聞人道渾如酒似莊似怖云凶云吉一時消受眼底昏晨脣邊媚蠱醉醒知否但高天厚地運疑命惑逐衣去成黃狗　慘慄也同媚嫵蹴屍骸昂然行走少年徇色飛蛾投火錯看佳偶萬有基平無涯門啟欲償何有待人間惡盡韶華恨滅須君王后

異國香 調寄蝶戀花

一臥卿旁微合眼當乳風熏秋夢依然暖珍樹奇花如

乍見還浮海日來遥岸　萬槳千帆行側畔樹下郎身花下佳人面酸豆枝頭香氣滿晴隨舟子歌聲遠

髮 調寄憶江南

鬈髮好呼吸醉膏香摇得柔絲如帕子唤回舊夢到蘭房暗裏趁輕狂

膏香好忘味比聞韶東國人情閑似惰炎洲風土熾如燒恍若一時招

炎洲好草木共蕃滋汝髮似波遥送去我身如寄正相期蘭槳桂花旗

蘭槳好港外棹金波香色聲中眞似幻去今來裏總如

歌赤日碧空多

閑情好置我黑甜鄉仍待柔絲摇作夢不辭輕魄去如翔富庶在東方

東方好天亦是卿歟上仰蒼蒼如鬒髮下籠暗暗似穹廬更覺衆香殊

鬈髮好珠寶永相宜舊夢温來都似酒新愁添得盡如詩有願莫須辭

無題

靜女自含愁不許相結言避而有輕色中宵傷我魂即若仙凡隔豈以泯私恩蠕蠕如蛆蟲不厭屍骸腐雖汝

鐵石心愛之覺媚嫵

無題

欲回天地入蘭閨鎮日閒來生戲嬉暗笑癡心供瓠齒
全看任性擅蛾眉朱顏莫恃人間血白眼焉窺大化機
借汝甲身成盛事爲須窮後始工詩

而未得盡興

胡姬黧黑夜之珠爵列熏濃氣味殊丹吻長疑生玉液
明眸直似瀉春湖一泓碧水波休漾九曲黃河浪可枯
衹恐先遺床笫恨重泉何處哭窮塗

無題

寫意

津浴川源浩瀚酒吉亦醉人吞之成星漢
鉄頭擁象苑依絆玉體送攢陳扁舟在流亂費齒漸生
雙眸盈空眼賣石瀑行步改成痛字頭筆究玩身瀟曼
鬟如漿波瀉香四面散泥若朝發舟載夢向遠岸不遇
美人意態瀟腰段正好青盧如羅髮光嫡嫡複纍纍披
筆端
下為人實參書殺推嚴依迴限無涯
意分雲水海同寬眸間賣石來能撒空裏流星柱自美
躍衣柴屬步珊珊以見長端筆上峯心迷塵沙天共遠

夏日薰風和晨起相攜行路轉深巷邊忽見腐屍橫頽然碎石上雙足高自擘腹間熱毒起蒸蒸淫欲情終將還大化遂付烈日烹惡臭令汝窒天覩若華英蠅蛆出腐肉蠕蠕似膿盈氣息雖濁滯尚亦能繁榮如見麥簸揚如聞樂交鳴雖使形體逝寫之賴神明牝狗在我旁窺伺目光獰汝美同日星生命終亦傾與此共腐臭思之心已驚縱付蛆蟲噬永念在東誠

余自幽谷籲告 調寄踏莎行

心已潛淵卿須憐我置身天地如鉛墮半年日冷半年沈北冥未必荒寒過　太古茫茫微生個個雖尋鳥獸

灑只微涼深東溟喚波來來花恐明暉遙滅輝光

未遠似遊天凜若秋霜　青冰若等暮含數狂姿嬰微溫

醉回酒家牧舟今相並右房轉含成傷佳人愁絕不能

無題　寄調梅香卜

輕輕痕逗徑寫詩數鶯聲流生怕啼遍重簾那時何許

身盡天似遊蟲在宗禮心愈應無坊心藥難醫紺什了

苦我卑魂成東縛直似入間因緊　誰能流酒盞誰棄

憂心不顧改語乃方刺又似殿游舞群兒正苦化涙力

盛立入兒　仙樂寄調

同群可不然呼運放逼誰能其愉務無病

浸淋白刃接來迷青春妨不宜刻刀麼由為不齒真身

淡圍之鬼 調寄山坡羊

證今眼以同語刃故微香仍媚肉身無一般嬌態正模

纔不當胸美豔來迷人眸子比金珠不勝憐愛抱去擁

纏綿 調寄浣溪沙

今將何補長恨村姐發

麗野煙寒荒墳最會詩人意中夜起回言音無所聞

那時空北有誰憐潛葬下黃泉古魂徒浮地膜及空軟

黃泉文恨 調寄添字浣溪沙

枝運約谷血沃棘荊丘多少用儕恨難從狠掃林

陽臺　調寄甘草子　八

說陽臺向晚舊歡蹤散萬里熏籠正酥胸微暖柔心相

惜軟語方濃一片香霧羃東王體浴香貽比蕙天遺事

情竹誰鍾　掩了夜深如幕幘纖腰盈握好夢無端待

芳懷喚取仿佛見嬌慵閒當時人歸何處把盞回盟海

豈山空重來古書明朝日波上仍紅

題蕊　調寄玉樓春

隱精應似陽精飲自向沉淵聊放野今如一意迷昏星

夜暈美光年的歷中天映入雙眸曲下辨朱紅和漆

黑紅時每得俗人憐黑處仍教詩客惜

幽靈 四章

昏黑

一朝投闇署不復見春陽繪夜終何見冥心那肯嘗幽靈疑隱約華服正輝煌黛黑如珠彩重逢喜欲狂

芳馨

燈前禮聖像肘後繫香囊一種芳馨在三生記憶長鬚鬟餘馥暖裙衩帶春狂情莫論禽獸濃時物我忘

僮縁

畫圖淩造化往往在僮縁被服功如彼風儀望似仙疾

倚詩有節況叢信無邊顧盼弄姿態輕盈先自嫌

小像

身外元無物病中靜是歎甘苦餘酷歡笑矣明眸妙

本有斑駁紅顏憶痕偶瘦華何太酷摧折一時休

無題

夜吟將動幻波驚臨有千秋萬代名琴憶懷人歌已遠

心傳流響韻孔清樂調古王如詩迴安步韓觀為世輕

莫到高天沉海問靈花一刻足鐘情

恒如是

憂如潮湧上心苗發意初成恨已銜且收歡心巧另覓

今宵何事成相訴溫了舊心魂天香凝體明睇耀世儼

無題 月圓贈寄人

昔時五根邊一同聞華如聞馨香燭
魂迷不知何處議全身憂惑極其和方尋律度忽然要
口不欲言應對之衆美下見高下狀如晨之藻如夜幽
紅如玫瑰黑如蘭問言所具衆美中波意究以何者尚
有鶴坐於高樓上睥睨諸閣何相語云是彼婦體最嬌
莫陞高衆美海問曇花一瞬足鍾情
不若長樓睥睨下美人睇影幻仙凡
莫因纏口竟難滅微生枉向無涯問大命空教一縷豔

若仙神　闌珊燈火喧闐街巷一例如聞爲吾之故須憐者美美即吾身

神炬

大力承天賜光芒入眼明拯沈空罪網昭美極人情甘付輿臺命豈昬長短縈星眸彩奪日一瞬喚生生

回向

天人不識憂那問悔與泣人間多慚怖漫漫長夜襲天人不知怨那肯陰蓄仇人間有大限報復常無休天人不疾病那聞呻吟苦人間疫氣盈流離竟失怙天人不衰朽那見皺面紋人間爲相思慮之心如焚天人至美

滿願言爲我禱人間貪溫柔哀彼哲王老

告語

永念相牽挽平生止一回月明夜如水京華靜無埃門巷歷經過貍奴空徘徊此時聞柔語夙昔多歡來昂昂鐃歌調忽然動清哀宛若族因女一語心肝摧世間可僞飾終不蔽私懷佳人誠難爲強笑同凡呆人心不可諶相思永作灰告語常在耳當時詎堪追

魂之曙

晨曦如矢耀金輝喚起沈魂神力微縱得先從黑淵出焉能重向碧天歸澄明境裏千歡悔嫵媚光中一影飛

漸見容華耀朝日底須蠟炬對依依

黃昏之和

花氣正浮動氤氳若爐香天色共昏懵譜爲哀曲長氤氳若爐香弦撥摧心殘譜爲哀曲長皇天似忝壇弦撥摧心殘徒恨到沈黑皇天似忝壇頹陽血中匿徒恨到沈黑還見舊輝光頹陽血中匿空思汝明妝

琉璃瓶

濃香不可閟暗溢出頗黎東國有妝匣啟鑰聲如嘶廢置衣箱內氣爲塵灰迷旣啟見古瓶恍有舊魂棲忽若破繭出振翅在淒淒頃時得翱翔望中光彩齊無奈處

渾濁視久成暈眩委棄向人間瘴癘苦殆倦直似古髑
髠身腐目猶眷我亦等此瓶坐閱世流變先須爲汝傾
拚以今生薦任由生死操不改一心戀

毒

繩樞甕牖酒能華坐見雄豪意氣奢直似空中千柱出
陰霾變幻晚天霞
無窮神力阿芙蓉時可耽兮樂可濃不管彌天陰鬱底
沈歡滋味滿吾胸
難及相逢碧眼姝眼波摇蕩似明湖瀉來一掬魂先悸
夢裏曾知苦毒無

難及輕含香唾津令人忘悔夢中身夢須未覺身須死
歡是虛無毒是眞

積陰之穹

汝瞳隱霧中爲蒼抑爲碧溫酷失定准但見天慘白寒
暖亦難憑愁思誰使積輾轉不成眠相思終無益時若
行盡處冷照在咫尺又若陰雲間晚見絢爛赤神貌最
移人冰霜仍脤脤莫謂嚴冬冬寒情歡有蹤跡

貓 二章

有貓矯而媚閒步在吾想宛行自家室偎人發柔響喜
怒不須論其音深且廣入我苦心間感之殊和癢痛除

成極歡不言得宣朗此心亦有弦無能撥之蕩惟汝出
天音相應動精爽
金褐毛皮上一觸盡芬芳家宅付之守仙靈滿中堂忽
若有磁石牽我眼中光方遇彼瞳子閃爍正相望

畫船

窈窕從容在盛年天真風韻兩堪憐裙裾不奈長垂地
宛似風帆漾畫船真睹頎人神采有蝤蠐如領蠐如首
衣衫光動縠紋高一見巫峰腸斷否尖上薔薇隱約窺
紅深若酒欲嘗時無端暗露纖纖月到此誰能抵死辭
曲臂相環正相向拔蛇力盡丁徒壯爲教郎墮在儂心

懷抱從今慎勿放

遨遊 調寄高陽臺

攜了嬌娃看同幼妹曾聞樂土相如挽手遨遊祇應無限歡娛雲天冷日高懸處似雙眸點影模糊最和諧一世人生一瞬仙居　深閨紙帳多閒夢任幽香浮動花氣徐徐東國豪奢那妨清興先辜運河帆槳臨窗見想風前海外心孤正黃昏郊野金熔城市燈疏

莫挽之恨 二章

亙古有恨長蠕蠕如蛆在屍蟲在柞其婪如娼韌如蟻欲淹不得酒與藥應知其心多苦之若爲哀兵羸馬虐

烏鳶豺狼正相伺一朝死去無所托晝夜不分星電銷
誰向長天照蕭索山鬼夜吹客燈滅迷人欲向何方落
恨如毒矢貫吾心妖姬待憐仍錯愕噬齧交并莫能挽
蠻旣在基傾高閣
勾欄燈火擁仙姬故事傳奇漫自期不見銀袍金甲使
今宵聊問夜何其

閑談

淡紅深碧比秋霄無那愁來若湧潮去日昏同泥澤裂
前生血爲美人銷濃香盡在巫峰漫群惡翻成虛室囂
祇怕眸中明似火噬餘骨又作灰燒

秋歌 二章

行將入陰黑徒惜夏日短淒淒青石路蕭蕭黃葉滿巖
冬歸吾心惡情不可斷冬陽北幽囚冷紅不能暖哀同
被褐人負薪隨地散墜響使魂摧一一莫計算不見崩
堞危猶遭巨錘款秋聲正催人就死豈容緩
雖有眼如碧不能解我憂願使海上日長照洞房幽恩
豈若慈母每以無私酬縱似秋陽晚片刻尚溫柔莫恨
韶華去汝膝枕我頭長夏空歎息秋光且淹留

頌聖母 西班牙風之還願辭

聖母吾所戀苦心爲祭壇世俗固相遠深藏暗莫看崇

以金碧煇翻令訝且安詩韻水晶光用飾頭上冠嫉妒作胡衣猜忌爲羅紈珠淚成花繡容姿獨不觀裙裾是情欲長逐玉體歡沈若懸谷底升若攀峰巒愛敬作緞鞋踐踏甘相拚素足仍自附柔懷使避寒枉窮百端技空望銀月歎巨蟒噬我腹怨毒多貪殘取置汝足下高倨氣自完恩乃壇前燭常恐照眼酸慕化諸香藥傾身殊未殫魂魄如霧起遥入雪漫漫命或夙昔定憐極輿暴戾七刃俱以罪揚揚表其銳直指情深處顧盼獨睥睨不見泣血心徑用匕首斃

亭午後吟

雖眉久屬今號之諡目盼而臨迷事天美莫兆匪女莫
微匪情頒身從事乃過哉誠方解其變兮聞野其既則
其肯中心若藏廬之熏兮香之薰體之黜兮暮之
青准酒可醉准汝可感生則何綠死則何極救發者乳
盜擬若痛何怨之幸持汝之嬌情即若汪容則適雪靜
其能變縱其物醫肆彼美微哉心其悲善彼盼睞哉心
其治頒吾卜命附之素足綠履所敗見甘非容兮色准其
麗光准其華北冥其文留忽晴明霞作心

西 西娜

石語兮葛蔓挂旗擁映女蘿衣莫落盤馬彎兮甘

誰擁蒼頭赤足威靈鼓逢逢方氣震霓旌冉冉動情依悲懷直待投戈了化作無邊淚雨飛

法蘭西卡頌（為一博學虔心之製冠女子作）

今所須者遊乎我獨請以花冠能令孽逐言飲汝吻言止吾哭終風且暴賴汝作福祀之虔兮聿拯舟覆泉之甘兮聿使喑復汗者能浣懦者能立暗者得火饑者得粒蘭湯可浴精力可集紳帶煌煌杯盤熠熠法蘭西卡來共神汁

贈一白裔之婦人

豔陽熏暖紫紅絛櫻櫚濃陰到眼嬌省識佳人遺世獨

翻憐舊苑逐時遥雪膚終認仙魂在碧眼枉令詩魄銷
句律天然傳妙手爲卿無限可相招

憂遊

市井似暗海心欲高飛揚一眺碧波迥萬里多輝光浪
作啞歌調風如鳴琴張聽之漸酣睡庶撫勞心傷自起
命車駕與子共舟航此處有泥淖同我淚浪浪遥瞻明
淨地皆云是天堂所遇無非樂歡愛永無疆宛然在童
稚奔欣山林旁弦歌如有作瞑色若酒漿此境忽已遠
塗逾東國長哀呼與凄嘆空入無何鄉

返魂 調寄霜天曉角

黑魂青眼中夜重相見唇吻冷如秋月蛇蚓似成聯綣難期晨色暖枕衾涼到晚誰問淺情深意直待把芳華斷

秋之律詩

畸人何事累多情相問無言以目成長恨惟堪藏火字清歡祇可付希聲上方矢疾魂須定太古心淳夢不驚縱有世間狂怖在頹陽應解惜秋英

月之哀

月似佳人入夢慵重裀半臥弄酥胸遥天細認空華淡素錦微聞鼻息濃閑淚漫成無事灑碎珠枉使有情逢

任為煙霞癖未改胡歸嶺百疊趁下盡一變鼻時閒芳

芥子

悟如偈拈常青笑作以入間宣闢處淵默肯相容

獨坐眠紅日騰行樓水松流神凝不動向夜尚無庸自

鵲

離合神光總放夢從來照見世間空

天真曾未問窮通見淺物美瘋高外瞳在星邊璀璨中

最憐強去與微弱力學鍾情一例同夜黑偏宜尋靜好

貓

鑿來自付詩心在好創春陽久絕蹤

屋候炊火夢魂歸故山香濃心自醉餘事莫相關

樂

樂聲浮我去宛若在舟航遥指寒星白長淩大霧茫心潮逐浪起肺葉共帆張風定忽如鏡徒餘孤影傷

墓塋

荒丘動悲憫月夜葬腰肢永失貞星曜長封蛛網絲虺蛇多竄亂巫覡祇淫嬉歲歲墳塋外狼嗥勞我思

幻圖

有魂奇詭滑稽僑幻作骷髏冠冕旒直入虛空戲寥廓長軀病馬恣嬉遊漫誇撿校擁千隊終是去來馳一丘

爐火方纔暖寒深一回濃苦集生速通極樂在疏鐘莫

歎鐘

歎難消渴生悲且放歌酒徒來未及下酩酊教心何

補自酗深極難同血淚交回陽祭是恨算漏豈非癥痛

難補 寄樂 兒

自古無心常笑樂酒賜寧體足安寧

豈緣幽閉失逢迎已拼血肉役爲傀任朴形骸與棘卑

我來說福見語行深華陽身要不驚那用龍用虛滿淚

笑樂之去者

今古無誰平不匯沉沉匯夜日守幽

邁喉如破微茫氣若封哀兵垂欲死萬古莫相逢

憂

淒哀遍郊甸肅殺到塋丘畏冷狸奴瘦吟寒詩魄憂薪燃聲自咽漏滴韻相酬不見梟盧蠹昵昵對訴愁

憂 調寄摸魚兒

縱茫茫一千年事和愁相比猶少雜然盈篋都休問鬈髮券書吟稿偏似了滿丘墓蚓行屍積無光照月何皎皎向冷落蘭房斑駁粉繪花在膽瓶小 時如跋風雪還成浩浩憂來先結煩惱有情不奈長生裏苦被萬端縈繞天渺渺但四面黃塵紅霧誰能覺獅吟人嘯恐樂

同一撲濕望極九重深鎖擅春臨碧君門不可尋
遥天布覆蓋直壓層今心平野暗成夜四圍濃甚隐居

憂

血水滌溶那得濾比獄寒流早凝聚
但把行屍相葬取術士點化出黃金神妙不能救貧窮
優善滑稽猶善嬉對之懷憂苦無聊高床遍繡百合花
犬馬林入安民數野外空放獵鷹高宮前自見疲民苦
淫雨久圖有沖主位高年少孩何由臨保面孩多可畢

憂

世難尋興圖見換空對落暉乾

雅談宿昔興無多用比擬急當何特說清歎忍回首
消除長日不如眠
縱橫志氣樂當年笑指前途快著鞭老去精神慚伏櫪
浩然顧
莫謂空無都不見紛紛精魄藹然臨
尚從喧笑惜呻吟星璘遠作林梢語夜臺真爲暗昧尋
哀如鐘聲出風林長嘯節臨年舊心遠對波濤增東灣
頑類
哭人號群鬼長號徹遠空哀鐘無所望悲怨西黑落同
天覆以宇擬雨垂如檻籠無聲無結網有穴慈悲風理

芳華一例逝春波

光陰寸寸苦相淩欲避塵寰得幾曾但使茫茫風雪在

不辭屍骨與同崩

煉憂

樂哀常不一天地竟無同餓死悲廉士丹砂愧葛洪銷

金作鉛水製柩極蒼穹正有雲如錦裁成殮鬼雄

惻隱之怵

流蕩心無主秋陰一望高問天如屈子擬賦反離騷雲

幻通幽夢光昭揖世豪孰云多阻隔長嘯足遊遨

自罰人

我今欲撻汝實無所怨尤譬若庖丁立目中無全牛哲王亦撻石甘泉遍荒洲出汝眼中淚縱我情欲浮時時聞啜泣泛泛載遠舟誰謂其味苦破浪聲自適惟我亦別調不與天籟侔欲殺何嘗悔嘲謔適足優謔即是我嘯此毒浸血流高自懸凶鏡當身觀復仇瘡劍常爲一掌頰每相投四肢等牢檻劊子同死囚自吮腔中血長貽天地羞竟作滑稽輩倘能開顏不

無救人

無所形如見形瞥然有物墜青冥誰使永沉鉛水底重重遙隔一天星調寄瀟湘神

命運付之誰手無數是皆洪寓言明直畫圖說應洪咒

令牢美獄自尋來不能回女冠調寄薩

水晶重網衡不出北極冰立峽千重肅一隻命由誰役

恭寄調寄標

滑逕秕妖膻目成癖白荒洄急瑕空俱黑上下茫無極

永劫飢魂深淵直入潛光遁暗空殺四面無羅網

嫌求索夜誰聞綠千調寄蟲

羅蠱陷與精魂竟與蟲吞一世輪長夜不明關鎖路回

歎遊流佈茶雲一隊貌往殷怪魔成氣西春調寄穴

草負道遙世界尋下路角相覓謫仙人　惡夢波驚濤

工先 調寄荷葉杯

返觀如以誠心鏡一時明星動空搖白井澄誰謂清鬼

燈如見諷磷火豈爲榮漫用相寬慰熒熒是惡名

鐘錶 調寄念奴嬌

錶惟凶煞把指針揮舞若來相嚇樂事如煙吞噬盡苦

事憂心叢集去日空多當前漫少莫忘成拋擲宛然長

鼻此生餘命都吸 勸汝秉燭遨遊春宵一刻應是千

金值休共光陰輕賭取過了堂堂皆失漏箭頻催沉淵

每竭盈縮終無極與誰秉化那時言悔何及

巴黎相

風景 調寄夜半樂

牧歌唱到閶闔沉沉 一夢還傍鐘樓去正阿母雲謡九
天吹度凝神細聽支頤漫眺不知誰問靈氛那傳人語
見點點桅檣是何處 笑從霧靄下視斗曜穹窿月明
窗戶看市井空餘煤煙輕舉四時流易寒冬皓潔待將
幻出重重玉樓瓊宇放簾幕從教夜深佇 莫管春曉
地暖園青鳥啼泉注祇此曲長留向仙府倩麻姑田壤
海水都休顧情似火赤日胸中吐我生堪使芳華護
日

舊家坊曲暗藏春毒暑驕陽苦迫身莫笑蹇驢空覓句不妨彩筆自親人喚醒郊野俱生物驅散煩愁獨任真誰信妖嬈嘗廢疾好知蕃熟遍甘醇恒心長看繁華在微命暫傷時運屯一旦無聲來市井秕糠都似薿姑神

贈紅髮女丐

紅髮白皙女衣衫頗襤褸同是出寒微相逢憐媚嫵莫嫌病多斑常喜嬌可睹漫靸雙木屐珠履焉足數若除短後衣盛著宫裝舞斜佩金錯刀浪子盡爲蠱偶鬆鴛鴦紐如眸明兩乳羅襦未半解拒之不得撫乃有珠玉辭紛似頌明主詩客甘卑身深階先自俯亦有衆王公

婉婉美童豈幽居合歡未擅能今喜忽今在天街前羨
炙隨之取雖知脫銅細收自家露苦細腰固可憐塵又
去國羈不能飾汝身淪落本同伍

黃鸝 贈兩屏 二章

黃鸝戀故鄉哀哀苦嬌嬌遠在天一方溪頭影獨顧我
來舊京華所遇盡非故入心雖見遷世運尤難固欣樂
半已頹泉石全失趣骨董與斑斕徒過雜貨舖在昔歌
鞭撻今惟見傭直朝暄變喧嘩寒空起靈霧黃鶴遠飛
來猶懷樊籠攫人之所兩羽垂濕奴涸轍斷引頸念故溪
非美將誰許吉待霖雨甘正期風雷忽昂然仰青冥深

冷比嘲妒長懷古詩人高吟問天句
京華無故物我心仍如昔觸目動憂思沈想重於石宮
前憶黃鵠何處問蹤跡遠托異國去苦傷形影隻譬彼
失家婦荒塚葬甲卓雖云痛仇讎翻爲侍枕席有女亦
不幸故園天海隔濃霧深牆邊椰林望脈脈若風逝難
追若花萎難摘若飲牝狼乳血淚作膏澤魂來楓林青
角聲在咫尺忽念孤島間多少思歸客

七怪叟 贈兩果

名都喧闐當白晝遊魂徑攀行人袖詭幻如脂凝未流
宛從街巷條條漏一日侵晨薄霧昇暗陌屋脊勢亦增

乾不堪持狂迷風亦身全效流究竟苦海無極言窮

迷歸閉內坐室闇中心好醉神如杳此時渾在全無功

難云真括說仿佳若逢八隻命須天定知變化何鼻嗚

教今無比歎時乖吁嗟安得有好懷撿點正逢七度叟

更於百歲暗變子來從比獄步履回前路茫齊顛指

往枝不能支離放踐行那曾悔恨長身後一隻殊相似

願持金錢達爭家膻于淬畫眼淬霜鬢如敗指自閑張

忽然遥見一隻來敗木西以天美衣使無凶茫在彼白

車水馬龍猶在望身作傀儡修下結究中圖與吾心唱

直若百川橫兩岸長天盡被運靈渡景色偏宜曬能上

昔見汝清秀曾為世所羈佰流落章臺街右在久已忘条
苦以為陷今之亂所救勝負使風為馬須臾造昊蒼致為
家國悲哉為夫君馮哉為子寧感長天哭淚淚
日落天未赤吉見傷淋漓一慟欲坐吾方驚所之國
中陳軍樂先聞鼓角吹聲聲入耳猶使壯心悲亦
直身起曰汝毋憂鬻昂翁姑王月佳正相宜
過盡市闤喧囂春然無所發黃閩貞與渾傳名遍千萬嬲
推與粱華而今乃相逮既遭際慵悶亦為顛童困應衒
何傷生自向牆角適不聞有招呼時命待哀乞矚目遙
相憐步履倦躑躅以衒父因憊頹有猶樂顧盼半盃拈

花歲過無再健汝惡以心承汝德以魂獻哀哀傷老愚
夜夜生別恨明月赴何方帝使匪遲鈍

衆瞽

滑稽如像設驚怖若遊魂瞠視亡神采遥瞻向帝闍垂
頭終自夢鄰市圓多喧卻問高天上冥冥何物存

贈行女

過卻喧囂巷陌前長身縞素望如偃芳菲自惜繁華飾
風雨空愁極樂天一瞥無端迷此夜重逢畢竟是何年
從今徒向茫茫問終古相思祇惘然

骷髏耕者

清江側灰與亂書堆積宛若僵屍寒惻惻一圖惟骨骼

賴有深嚴學力詭秘畫來無極誰使骷髏耕不息看

君擘巨筆 調寄謁金門

田裏先勞筋骨室中誰享膏粱已忍平生辛苦久仍見

骷髏刺促忙墓中無夢長 早用虛空賺了也教生死

欺將樂土不知何處是鐵鍤空掣遍地荒肯憐雙足傷

調寄破陣子

黃昏 調寄寶鼎現

結朋偏孽向晚仍媚同謀潛至連洞戶長空輕掩中有

煩憂如獸餕引領處見辛勤終日何限張懷掉臂算幾

輩勞心倦體待把疲魂重洗　亂擁疑作商家計眼惺忪多少魑魅燈一點荒淫暗照微跡蠕蹤蛆與蟻縱宴樂便歡呼行博輸與狂徒豔妓賸付了偷兒食色都在笙歌影裏　沈想夜色濃時遮耳莫聽囂聲沸正呻吟愁絕無奈醫人不起問尚得覓紅爐味枉是柔情碎也總要辜負親恩忽又生平換世

賭博　調寄寶鼎現

殘脂零粉向黯淡高床閑踞把盛日風情消歇耳畔丁東聲漫與圍棊局看全無唇齒幾輩恓惶徒侶算祇有空囊共倖十指掘攣難主　儋石休問惟呼賭總人間

莫空戀凡色身，攝入神華識圖揭，其嚴竈長消欲焰是
作嬌慵怡教譏誚，點眼成塗脂斧，又為漫頭冠飾巧
覆枯林小把心字輕羅，繡領酥胸一抹淺況纔掩數苦全
花枝燕同素帕空，風華正好最消瘦，畫盡意衣恰露珠

裸體舞 調寄鶯啼序 凱克里斯托夫

悴了身血先甘還許來時又誤
滅容消正茲成兩次遭地底沈淵最苦轉解翻為懺悔
頭髮暮多少慘笑狂情爭料教心期竟許眼前點容
恰分明如嗜也見吾生相令元邊誰相憐指摩得扶
詩客溫負將留獨守淹留取一幅生綃絲下圖戀真

情火涼灰重燎是徒然歌席愁餘酒筵歡杳　悬深汲
井惱甚銷爐蝮蛇尚醉飽恐不解滑稽悲憫世態偏庸
怪力常奇大方多曉先看目炯須令魂眩覺褒爭肯隨
人願況逢來早懼排牙笑焉支罷點明朝廢塚骷髏也
應共我懷抱　香脂縱烈死息終存對九天枉禱便舞
破青冥黃土宋玉登徒任付癲狂總歸荒藐遐寒邇暑
相尋何處都無仙使聊借鬧但淒淒遥去蓬萊島疑時
休訪扶桑會遇潛窺訶君暗老

幻欲 調寄揚州慢

歌繞粱飛目隨人過怎留緩步慵情悵煤燈一點照冷

頷熒熒被篝火霞紅淡染映睟如漆空歎娉婷厭芳懷閑憶無端都比愁城　賞心會解賦桃夭年盛羞輕奈淚濺花籃香存繡枕辜負秋成再莫問君癡僞從今後水碧天青但春風標格何妨長笑逢迎

無題 調寄喝火令

不覺青郊遠長思白屋閑石膏雙像望如偎未許色身相示叢薄掩嬌妍　壯采昏時沒晶簾隔處看宛然天眼碧空懸照見明窗桌布蠟紅鮮照見素心人也無語漫同餐

無題 調寄壽樓春

知秋花誰攜待相尋阿姆墳草同悲十月嚴霜凋樹勁
風寒砰令恨了曾猜時冷穴中孤衾單衣況舊骨都涼
新蛆正沸沈黑徹前期　銷冬雪枯春枝任親朋不掃
光景空馳萬一青宵殘臘赤爐深帷閑坐處疑來歸注
目間猶憐佳兒便能識慈魂長韋眼衰雙淚垂

霧雨

昏乏秋冬濕困春霧埋雨殮靜心神雜聲漫叫寒郊徹
鴉翅方馱暖夢欣阿母瑤臺休恨迥霜娥明月最愁羣
不如遮斷惟長夜付與合歡床上人

巴黎夢　致康斯坦丁吉斯　二章

晨起難追幻影逋昨宵驚怖世間無水渟鐵石全疑畫
夢皴風光不見株神塔極天梯一綫金盤承瀑沫千珠
雲搴銅壁晶簾蕩柱繞沈塘仙子姝青岸紅堤通世外
眩波惑浪鏡中區太空翠瀉恒河影大隧玉流山海圖
照夜豈分星日彩烘霞但借蝃蝀朱看盡奇觀元寂寂
問誰招手可相呼
正午鐘來夢後聞眼中憂火苦相焚寒居長是淒涼況
看盡人間白日曛

晨曦 調寄多麗

角聲寒和風吹入街燈玷晨光搖紅若眼怒欲與日相

爭少年歡偏逢夢惡勞軀重無奈魂輕淚已輕彈身猶亂曳最難支拄是微明早閑了江郎詞筆慵了謝娘情遥村外炊煙裊裊隱約含青　宿娼家歌停酒冷鼻息今已雷鳴漫呻吟苦貧產婦正蕭索呵指鬢齡暗霧千重荒雞一叫啞如嗚咽血先凝早不辨朱門白屋遊冶枉伶俜京華老惺忪自起緩逐河行

酒

酒魂

惟酒亦有魂忽作中宵語紅蠟封平生玻瓈爲囹圄不辭爲君歌歡然遣愁去丘原多辛苦灼灼滿驕陽所以賦形魄銜恩那敢忘願傾勞者喉此樂未渠央何況遷窨窖卜居暖胸房所願鳴吾懷相和帝曲揚汝乃捋衣袖頌我情高昂汝妻笑眉眼汝子煥容光艱難與生競惟我令之强我實帝子種釀爲葡萄漿與汝結交誼流愛成詩章宛若奇花發媚帝永無疆

拾穢物者之酒

風搖光焰玻黎紅市郊常若飄搖中有人拾穢頗自得長飲踉蹌如詩翁指天夢夢如華蓋懲惡扶危言語大誰知久爲老貧愁一生勞苦渾無奈呼朋歸來酒臭多鬚如旗曳髮盡皤眼前枉被光榮賺耳邊誰唱凱旋歌不如齊把酒德頌浮觴即見黃金波深感上帝垂憐憫遣酒若子救蹉跎

殘妻者之酒

般涉調 哨遍

從此開懷一醉眼前兒妻死無拘繫往時飲罷怕囊空怎禁他吵鬧哭啼今日裏若君王自在對景致清和當

點滴同暴雨疾休回避枯骸支拄鐵寄淡迴

情若緇假先迷修乘一路有行隊相思已其飢瘦忽然

嘆二

壽衣殺空碎酒徒心以鐵絲藏念加友

分明深處轉伊轉伊循道伊須死誰料是杯酒無情成

世間多有畏途難盡他竟自盜盜到底交纏落不改好容華

兒嬰 鼓

誘前盟約會黃昏路逢添黑

壞已將他推墮井欄中更拋下欄前亂石推在下了托

年也要日裏諸情竟論死驚心以酒酒衝填土豈屬諧

一煞

從閑了到醉時而今無懼仍無悔鼾息似狗從教臥車馬如龍一任馳行危墜橫衝塵土滿負沙泥

尾聲

顱頸折胸腹折此時醉魄將何寄管是仙班是山鬼

孤寂者之酒 調寄鷓鴣天

神女生涯似月涼未妨惆悵是輕狂梟盧好采如燈幻哀樂浮生付曲茫　終不及酒濃香深瓶巨甕爲君藏人間政有孤高在好擅韶華到醉鄉

情人之酒

不須馳馬去一斗到青冥曉色水晶碧酒狂天夢馨扶
搖摶大翼浩蕩問諸靈自挹情人袖來尋樂國寧

惡之華

敗

囂而不見是爲魔灼肺呑時奈惡何常使美人香草怨
翻成連理合歡歌性天遥遠空尋路廣漠虛無衹負痾
亂眼已迷偏擲入汙衣血刃潰瘡多

殺身女 佚名宗匠之白描

錯落香水瓶斑斕織錦緞芳留百褶裙詩題青玉案洞
房室若蠶室溫晶棺凋盡花枝繫一屍無首血如注繡
枕渴飲空漬痕首似毛莨床頭置鬒髮如雲間珠翠星
盼猶能破濃黑直作蒼白慘人意床上玉體恣横陳而

今不掩天然春金花羅襪餘一隻點綴視同寶石珍千種嬌慵畫不出惡欲邪歡漫相匹娉婷應教鬼瞰窗娟娜長疑蛇上膝身冷何妨魂猶生青春還許賺多情生前媚在君豈足死後羞亡妾尤輕屍仍魅誰相擁首已腐誰再捧世濁俗薄法難憑何不眠向此秘塚夫君鸞夢逐天涯無端至死殷勤奉

見詛之女 調寄蘭陵王

望遥海無語相偎沙瀨狸奴樣甘倦酸鸞纖足柔肢互鉤帶知誰慕少艾萬木遍書名在又誰似聖女莊嚴碧落皇都任虚彩 光怪太初外問冷窟殘籌誰把君待

酒迷狂悔難消解有暗夜幽陰黑衣華蓋誰將肅穆掩鞭械吞淚到歡愛　驚駭雜悲慨正情殉極遠魄赴風快人間冷笑揚眉黛縱愁飢恨渴心闊恩大男兒憐惜誓與汝共俎醢

二佳姊妹

姊妹歡娛死與淫長教襤褸掩貞心厭生厭世終虛孕青塚青樓自好陰濁氣不分都未悔中情流轉最難禁空將柏樹枝持取來向桃金花下尋

血泉

無創血長注嗚咽似流泉路石成孤嶼彤輝潤大千愁

日多雨雲來藏相比周酹毒而好奇竟是侏儒始則
焦土古不毛浩浩獨行遊苦心比蔽彌從思如女手白
貝向特麗齊
明朝路浩浩如夜赤子掌開青
無德生生大運猶然恒為此生卓約不須海兼取相覓
樂好作靜中觀巫山回一盼清禪王寶香霧雲鬟旋
姑仙多少淫歡死從向身外枉自語喧孤高處人間極
鬟嬋深杯容昭麗質柳態花病何關雲肌冰骨長想鏡
寓意 調寄滿庭芳
活醇酒醉長伴歸人眠不恨心腸毒被傷神去 全

冷相視以我瘋癲流繼之競調笑長貽彼輩羞謂我擬
前人滑稽同倡優披髮漫散亂注目傷優柔戲弄祇堪
憫歌哭誰爲酬儕朋慣惡劇汝何不自休雲亂與魔嗥
豈使日西投我本能傲睨蔑之等浮漚若非睹佳麗側
身與其謀時時恣淫放償彼嘲詩囚

游愛神島歌

我心歡兮如飛鳥翩翩自逐纜繩繞一弄輕舟映天澄
若睹仙人擁目皎詩中盛傳黃金邦愛神島在煙波渺
如今無奈是荒貧鰥夫望斷愁未了幽歡終起朝雲疑
邃海空餘清芬嫏桃金枝前衆身傾玫瑰園中心香縈

君來惟見亂石多斑鳩啼破長天曉神女不逢花草閑
漫想風裙哀窈窕移舟近岸見高標森森直入青冥表
烏鳶一片正飛來腐屍掛向高標杪鮮血淋灕不止流
雙瞳啄空腸銜掉其下走獸競逡巡厥魁凶躁軀尤矯
島人固是天之驕何事淩辱竟成夭四肢摇動吾人哀
無端憂集心悄悄令人永憶吞噬時鴉喙豹吻苦相擾
麗日和風天海間頓將血污生煩懒靈肉無辜祇呼天
莫使愛神逢死兆

小愛神坐骷髏上 古版花

小愛神坐骷髏上覥顏嬉笑渾無狀衆泡吹出瑩如星

飄去九霄欲相傍中道消散黃金魂一生危脆空明亮
骷髏苦對衆泡言滑稽如此速令忘答言我腦我血肉
全付汝唇吹萬喪

亞伯之商欲令人安棲遍恆沙帝心所歎跋廬之商後

亞伯跋廬 章二

彼得不肯與人子

答彼商賈勇可使仗劍不生依劍死徒將吾所付之手

入前汗血流如漿後約門寧可相憶兼蘆花枝向彈遑

酒團兵衛嗤聖身荊冠棘刺鞭仁腦灘傷體傻鞭寶長

血泣歎償豈相關撤攪山前枉拜禱笑聞釘聲天浩浩

咒詛直邁天使間上帝雖美如冥頑人哭囚號祈樂樂

聖彼得之不與

承迭

命之殫匍匐泥中人生實難亞伯之裔休氣馨香百植六畜神俾爾昌該隱之裔勤苦無疆羸若老犬轆轆饑腸亞伯之裔圜爐坦腹盈斯衆多黃金蕃熟食鮮而孳如虱在木該隱之裔伏匿蜷縮豺心狼性熾於多欲日暮塗窮偕爾家族

亞伯之裔血沃田疇雖有戟鎩乃愧鋤耰該隱之裔計尚未周徑登帝所挺之下投

禱撒旦辭

雖美且哲神命不猶禍敗流放勵彼大酋知遍冥界長使疾瘳廢殘頑賤矜比天酬于嗟乎撒旦憫予多難酡

死

情侶之死

架上奇花天外葬高床幾若墓門深心投火秉肯成炷

魂向鏡中雙映金波雙生孤電連乘宮風動高星壇

洸哉樹緣魂兮來導汝高翔

辭曰自淮上界至於此獄梁耀謳歌盡以相屬清酌重

歲觴帝之怒甘為永沈于陵乎撒曰嗣手兮難

已醉護彼臨深井療其憂鑑昭其心既哀矜彌復作謀

深華準汝善察微見實藏于陰乎撒曰嗣手兮難翼彼

歸曰亡誕女曰望遂今死囚微彼群去上帝善嫉林斑

死

情侶之死

架上奇花天外尋高床疑若墓門深心投火裏皆成炬
魂向鏡中雙映金淚眼愁生孤電逝紫宮風動萬星臨
雲端使者排門入喚起幽光不許沈

貧者之死

酒力催人晚景行差同一死慰勞生看穿雨雪初曦動
記惜餐眠客舍迎好夢乞教靈指點暖牀留與赤身橫
已當民富神榮夕天國塗茫尚待征

藝匠之死

一發無奇朝日冉向美嘽裏投陽春
開心慾慮得超塵處勝見根雍常落實相誰知今是真
從來哀感在時人多病多憂欲死身苦望平情付散發
時人夢紺譜集
身魂共顛詩名夢多遮何面從高取新涼闕幕迢
昏昏澄火下奔羅競淫生決樂宣中夜饑衝迫暮霞殘
一日久絲
幻來奇殿在新死早化初陽上碧霄
神品何難決自清寶足擁胸空負辜金身淨酒漫慾追
領俗登輕修畫指囊中無天射高標匠心不畏是先驚

尋樂土心魂與世遺誰謂拼究日即多休瞧危舟入措

遇無定所賦命無常時長懷虛憶求安旅驅馳猿舟

厄纍與錮鞫拋轉苦生涯入夢心尚爾如日爲神猶遭

變車輦轉轍變幻每苦虛誰解識其微 篇一

行前塗豈須十心輕如氣隨足重不曾踏多奴新卒要

火明第作女妖書冰炭置教膺消盡幽歎激行行重行

或逃蓋去鄉或得福或有占星士辛未叙美目長天如

緣多高情路苦腦中迷海魏思無限波濤共起伏去國

畫圖賺兒童世界纔翩展遊斯宇宙寬回望天地淵朝

行遊 海迪東 贈馬克西

老幹岌茂過柏松尚覺遐方繫天上有象神王座金珠

何滌變幻雲中君憂心徒自亂枝葉纂春陽欲樂溢

日排樓觀天影令心迷事業投汗漫風華擁高城神光

星瀟與沙岸回多出不意將闊常浩歎朝日明樂波落

何所見 解三

當御雲氣行遊威因氣騷魂作畫軸繪寫留精君問君

旅人睥以海其中多許聞記憶古賢不仿飾七星文何

苦惱天神囊破星見燈邇便作長安思 解二

醉續文投海渚幻滅水亦苦抱恨成傷悲如行泥今滑

點處奮身到今猿空認黃金來唱先在高崖讕言毋乃

蘇詩集

求羨宗之孝曰 [illegible]

條爛初升朝日暮曉回首望鄉聞忽落頭落浦山青泉

華花影幻作晚天明　愛經待平先一絲待放夜色如

壽不可與亂我能盈缸所臨不知處期聞與莊隱 解八

死即古弁子一棹去此祁天海暗汝墨書心明如缸酒

憂其爲汝摘取去去遇多情聆音歎汝毋 解七

海中心比青春與有華美且幽邀其顛千干種果解志

鳳各來前行猶鼓舞如向東國所風以奏始纏今與冥

兮誰能造去住終無補齏揺因弁車杏樂乎技主一旦

浪漫宗之落日 調寄臨江仙

燦爛初升朝日麗喚回舊夢都醒忽然傾落亂山青泉聲花影幻作晚天明　愛極待爭光一綫徒然夜色如冰塚間草木氣猶腥蟾寒蝸冷傍沼踏時驚

禁燬章

萊波島歌

古人樂在萊波島日烈瓜涼時時好歡樂極兮哀情多不辭盡興開懷抱島上美人常同心星羨神妒當夜深自照白凝脂誰銜紅林檎甘老澀柔鄉那聞女史箴彼

德非醫同最誤心正向麻前合縱起覺履髮盡殺儆
無奈迷情風更狂擒色傭歡沫淚眼漫拔王寶偏嬌軟
講治瀾香何隱囊伊放潤根望事掌再尋難根天空遠
見詛文女伊波利德斯亞與
薦纖狂推色身室今來波夜夜哭天長廣浩萬澤無垠
姿修盼望如仙早佩韶華酬惠沫入間奉祀禳同塵祇
持呪影出雲霞推前浩海波闊蘧福香背何日達英
汝伏救贖始其熟知笑啼多交加流千高蘆遠縱目直
宥罪孽不忍高處子鐘情泣鬼神王法枉律何用著來
寶讖論空悠遊遍天隔斷白雲深一海清淡海中激

饑恨若擎神炬炷從此深帷隔世間酥胸棲冷碧雲鬟何時刼火成灰了猶想天風吹淚潸惡欲須愁最難止今生已付歡情毀洞房豈復見晴暉瘴癘重重悲欲死無實夭桃枉自紅容華轉瞬殉情風汝今好逐青狼去但是人間咒詛同

忘川 調寄漢宮春

態冷神慵任多情撫遍盈髮柔條香裾牽了枉愁雨灑花飄歡蹤愛跡待重尋夢外天遥憐不盡銅光凝體那時誰恨魂銷　多少沈哀餘淚向雙棲枕上頃刻都抛渾疑忘川秖在一抹唇嬌今生付與莫推辭心苦形勞

酬两脲靈華甘乳分明涼浸葡萄

極樂女郎歌

女郎容止似風光雙臉笑時生微涼玉臂輝清香肩白愁人視之徒茫茫彩綫動如音娟娟繡作百花舞衣裳脲之最與人相稱愛極而恨恨而狂園中冷日若嘲謔照我無力行徜徉觸目空傷春草色無聊漫拈花枝揚直待中宵漏聲起潛來玉體横陳旁柔懷嫩膚都不顧强攬腰肢恣荒唐更向卿卿朱唇吻那嫌苦毒變甘芳

釵釧

但爲知心現臼身留將釵釧媚生春鏡中一顧嫣然笑

美人今夜盡情狂莫恨濃情恣放蕩爲歡郎心深淺實
銷魂多在柴簾豁
纖如柔草嫩如春肯使閨中四體勞今日聽郎籌盡
深系檀郎一世魂
相對翻憐虎視溫高唐千古盡虛論貞心豈爲淫心癡
遙來漸漸沒儂身
不辭纖指半櫃陳付與郎憐一笑真直待郎情如海濶
喜漸如狂興最深
釵釧丁東搖鼓心翠爲寶石爍爲金仙家聲色誰聞見
如花香華趁節夜

不辭同墮水晶床
誰見春宮新畫圖楚腰穩稱少年軀興來不覺容光發
疑是胭脂在臉朱
九華燈燭總成空惆悵深房爐火紅時向床頭明寸焰
膚光血色一時同

噬血幻身

彼女弄腰肢宛如炭上蛇撫胸褰衣見吐言芳麝香我
唇濕枕畔不教德行誇我乳聳眼前能收淚行斜衰翁
乃似孩盡放笑聲遐見我白身者驚若睹天華頗精狐
媚術呼男以臂加凝酥任之謅嬌羞偏多邪天使遂食

不著痕時人我胸

月色泉花和淚濃汝魂飛處認光殿然人作家汝濤

今宵為我靜雲收 麗者 曲

憐畔林谿任倚牖直待數點意外濃莫聽寶泉終古韻

賞泉

今詠章

然一概

烈形於味發殿自搖蕩北風空相對積像夜中撇落美

其中盛衆機關目不能覩心膺掉欲碎頃時自再集日

色當時意亦老直作精髓盡何處有數變所攤準筆囊

月神臨夜照歡躑嗚咽流泉正感儂一帶平林寒漠漠
情天幻鏡若來逢

貝爾特之眼 調寄臨江仙

任是眼波長媚柔良誰似吾兒清流如對夜深時靜憐
眸子妙玄覽洞天迷 幽魄沉沉睡穩珠光隱隱生奇
孤明列宿到無涯貞淫休借問愛信可相期

贊辭 調寄淡黃柳

人間窈窕相見澄心魄萬古容華憐綽約宛對長風一
瞬天地無終盡哀樂 攬紅藥誅茅向林壑遍芳氣淨
如濯忘香煙夜靜縈簾幕蘼已成塵縱郎仍健多少孤

年未穐秋實勝春時王體尚秀數骨相尤覺古雅謂茂

講與飲食好能詠編淡一概爲設物所惑久長期四十

傳在人言者內裹愛未洗身老情更濃仍承舊坐汝嬌

儐相（章廿）

腰下溫滑凝脂香嫩色直髮浪同勝濃如夜色無異光

便把白身來示汝毋膚體香盡卅與乳間雙綴紅圓章

教所見污嚮請好眉目嬌癡苦可語儂嬉爾諧填相許

美人修白饒雙嫩目黑同濁夜人汝青綵絡相諧和

儉久諧

讓狂花

瓜年翻爲魋術移髮若天藍冑掩額少愧恩目爲粉頰
映如燈泥中窺淫蔑在唇上相挑心先馳股作康康舞
舞上冰火危若眼冷無淚寒徹牝狼肌
急赴魔鬼域同奔無所懼有腰不能折有心不能慕誰
謂勢位尊歎息未相附夜會亦不與遂奧誠可惡燭臺
亦不爲獄火別之去幺覓惡之華愛汝今始悟

題識章

題奧諾雷杜米埃之小像

畫人稱善謔當世仰宗工誰謂無邪異居然內美同不
摹妖笑怪任照鬼顏紅直用懷仁意驚憂一遣空

有二聲來其一信且點世界甘可強令汝醉狂其王一
據鑑臨書猶昔何已別落教身長布書送共古塵雜聞
聲
叢雕章
直以吾靈多靈夢換醒難遣人雲高
幻中詭游古相遭數年詩卷和人遍一片遊魂近耳號
足攀木彈在囚牢瞪目高攀氣不豪笑裏荒唐後自陷
題圖以仁德拉克洛瓦年間塔帝
美人隨處逢歡畫肯情鐘意外見羅拉珍珠墨色濃
巳倫西亞人羅拉 為李畫 編

遨遨遊宇宙邁遼闊彼初如沙風幽泣至自咼驚娛互
更之不若嘉斯未覫謂哀和弁從此相糾葛嗟乎極深
遠正曉人間異如蛇齧吾履憂患始識字越漠與渡洋
識而成吾事苦酒翻覺甘樂時忽墮淚信者以爲誆高
視竟乃墜斯聲勵我遊狂志賢所愧

望外 致巴爾貝德多雷維利

吝人視老父將死昏慘白不聞吞聲哀徒爲棺木惜淫
婦矜天賜心貌兩相適覫謂獄火中心若彘肩炙言者
比炬明直向昏黑責所誇美與義何處覓行跡狂簡百
無能最知冶遊客醉夢忽然醒泣言欲改易時鐘發微

臨末日無有幾到宣十會與萬方悟得天使降
皆作聲鐘以淑而遣告或持木鐸數或見書徵斯持此
人生為自贖常用三頃田一頃無涯藝一頃有清天以
贖金
分廣樂出於天嘉須與德澤
魂魄天國苦亦歡帝恩豈虛擲蒲桃正堪摘鼓角在日
立如石人譬同鬼樂攤又何奕奕時聞天使音速來勵
有福辨積悲喜相隨行迹將償所獲亂塗既經過目毀
長視作非迹淫祀與神感固為魔鬼擁告言兩為安
歎從爾識冥茫世人亂若牆先為蟲蝕坊後有微漫者

致馬拉巴爾女子

汝足滑膩若汝手臂圓羨煞白種婦膚如絨色黑於睛
畫匠直歎美無偶生長天南綠炎洲但爲主人燃菸斗
冰壺香瓶置備全愼防簟席驅蚊走懸鈴木上晨風吹
赤足閒遊往市口買取菠蘿共香蕉一曲輕歌唱時久
直待夕陽紅似裙便臥粗席當窗牖蜂鳥栩栩逐夢來
與汝同占春光首汝生幸遠法蘭西人稠苦重易辜負
何事長拋酸角行身付水夫寧非咎多慣半披薄羅衫
雪中雹下盡戰抖遂將兩脅束緊衣悔恨徒落優遊後
泥塗滑滑不易居剩把腰肢作媒誘滿眼濁霧空凝愁

憧憧尚見椰林否

滑稽章

阿米娜波切蒂之首演

跳擲胡旋俗眼驚祇看仙子在神京誰將巧笑輕身態誤認浮花浪蕊名犀象敲斜能舞蹈鸛梟俯仰作陰晴人間長恨無風韻空負樽中酒濁清

名則其友實則其煩 致歐仁弗羅芒坦

言富憂疾言貧喜劇有畫忘遊無車能適坊中有精工饒磚木金石資其重藝乃積運輸向集市冷眼觀貿易毋妻常輕慢反憂來世迫聲色多所好嘗於羅馬遇婦

人使之病肺終不惜聒噪二時辰吾腦將欲擘其煩不勝許小憩不得索梟兀不安不能去臀旣蹭蹬椅恐坼惟願行路各東西不然身甘逢水厄今日京華獨來歸猶怕逢之懷不釋

鬼魘之酒肆當布魯塞爾至于克勒塗間

骷髏固所嗜徽章亦所愛即啖煎蛋時歡樂猶諱態忽見此招牌知與墓園對法老蒙思萊不覺念之在

禁書題辭

莫把園田趣付之乖舛書若非經許惡祇是見在且世

上辯逆汝詩中定愛予詛讓辛苦事業土竟何如

贈考貞多爾德邦維爾

神女青絲一掣來漫將輕薄說人猜光明早識窺天眼

締構方驚傲世才雕句精神真瀝血渡河妖怪怕成災

當年要把靈蛇斃未竟壽涎三浸哀

太平葵斗 [illegible]

有神有神無不能自天逕降臨丘陵巍然一招紅岩上

有神有神無不能自天造降臨丘陵纊洪一拓江岩上

太平琴斗 費疆撰

當年興師靈跡未免毫涂三復哀

論神方纂徽世才難句精神真源血液河妖靡怕成災

神女青絲一縷來遊將輕薄說人猜光明早識霸天眼

贈秦奐冬雨德永維雨

上難逃次詩中究竟何謂辭辛苦事樂土竟何如

莫花園田樂村之乖舜書古非蘊許惡秋是見往且世

蔡書顯辨

琵入華外集

貫坡長爲亩内難極熏盡從服迹起因道先知相教言
何爲相抗至於死鬭血溷罪莫寬休氣馨香旋爲耳
言者神兮聽者乎賜汝手進與能驚澤中漁獵足樂生
言出泉滋風如樓 其一

聖神者顧主側隱歎息矣亭情難勝以手制彼心性疾
涉水行陸爭宣騰甲胄鮮明耀綵野抗轍到眼准相遭
手中一氣陽精華如傳號令人皆徹四方聞之衆來集
獨漫鏡峯天焼漏深谷高山宿霧散平湖深林朝露蒸
人間盡送楊柳火太平同見春陽升香煙青白與直上
民如草秒齊應來曰手敲在作於斗河邊於蘆如欣遊

不圖點慧留傳軒滄發德心波自參癒改與花春帶西

京體詩

不如滅燭相逢迎

無端酒聖與詩豪競從悔回寬陋陋敗食徒為呂費貴

折腰相對真豪吉顧擁體歸果昔雜甘況窩歡嫩於瓦

甘言為仁不能富乃阿所歸爭所顧明痛小人每讀下

令朝仍自尋醉夢平生辜負耶穌神以食珍隨肥馬塵

千夜鐘來如動鳳去日若珍轉斷送幾知入千賞其身

千夜海

生腸歹殘佳樓真人來書盡豈無功

直待冥中獄火炎

厄運危塗不免逢勞生促促畏聞鐘汝心莫懼時相逼

未必人間大限凶

誰謂冥中夜不祥輿臺一例等君王汝魂吾魄俱儕類

驚喜相呼憂怖忘

誡示者

黄蛇踞人心昂然若其主人倘曰欲之蛇即曰否否以

目挑女怪揚牙曰無取巧作奪天工揚牙曰無補凡百

有所願其誡不可侮雖云憎其毒寔憂妄作苦

叛徒

天使如鷹怒降時直前掣髮命其辭汝承大命惟兼愛
神賜恩榮得父持心尚存仁眞自樂身猶見寵苦相荅
幾人能識嚴慈意一語終成反叛悲

他方遼渺

神閨有處子盛服獨伶俜素手當胸扇清泉倚枕聽風
華如有待膏沐爲誰馨遠際傳哀響中宵睡不寧

深淵

哲人語默見深淵毛骨先從冷處懸風洞驚時同失睡
雲窗望處盡無邊浮生夢到虛空遍幻夜圖爲妙手全
莫向存亡窺大數心疲神眩久周旋

粵天高處羅漢宮星羅人事幾何同歎合誰窺兩情發

為千化久月神

夜步從歎行發霧長古黑布發東明

藏身入海將歎生塵落忽生難落苦苦服高臨水日清

青春期至很須平靜好憂須己蕭城從樂中宵控海至

沉思

沉己存窮極到頭淚身安在那須滄海花

衰眼酒拱近日樂　從來宇宙在寰康一墜不辭天火

救那來麗妝歎樂指抱白懶爛翼落遙空幸許指星禁

伊什歎 蘭花 譜 木

伊卡歎 調寄木蘭花

袪邪跋扈多歡樂倚艳白雲雙翼落遥空幸許指星纍
幸眼猶堪迎日燦　從來宇宙徒寥廓一墜不辭天火
周已拚窮極到焚身名姓那須滄海托

沈思

黃昏期至恨須平靜好憂煩已滿城縱樂中宵招悔至
飄身人海待愁生塵勞忽去轍皆苦奇服高臨水日清
夜步從教行緩緩長如黑布殮東明

末世窮兒所合乳尚譯傳紛覓光中
昔今空嘆一燃紅塵傳心懺古難見真是思悲今已逾

去去

去去失故蹊遠行越陵谷反顧林草低不見民人牧一徑幽湖開四面雪峰矗風籟蕭然來牛鳴隱若伏冰川耀日明高岩向昏穆上下闃思逃今古錮成跼澄泓泣遥蒼巍峨動神筦流雲寫影過仿佛拖裙幅

子美

子美非獅王光輝全我靈人言不知畏吾哀有其榮卿名等敝屣吾思矜獨醒毋言不屑髩視斜額瘡疔眸固非善睞眉睫修如翎生年纔二十兩乳垂伶仃何妨恣

狂興夜夜到古心形負使肌膚枯死久苟去蘩語粗令我
歎其息雜糟腥中害毒寒戰慄覘深恭青恐有改魂鱗
挑燈長夜發幾皆豈足真愛情恍隔滄溟暗恭惱逢人一
爲措遲遲脣物劇可哀戲美無常經遁沙責以淫詩心
無得譯

贈聖伯夫

當時爾雅容亦雅端如木直如主稱兩間局促年月荒
十年長大辛酸備嘗句可刪文彩爲清摘美微極冷肆
今日雲白夏天青林以蒂寞閒蕭寺記得昔日氣蕤發陽
進措高穿喉天瘦城堡沈沈入夢夢亂擾不定鳥帝長

惡之華

陳社旻書